Fuera de este mundo

Dani Neiley

uno

dos

tres

cuatro

cinco

seis

siete

ocho

nueve

diez

Créditos de publicación

Rachelle Cracchiolo, M.S.Ed., *Editora comercial*
Nika Fabienke, Ed.D., *Directora de contenido*
Véronique Bos, *Directora creativa*
Shaun Bernadou, *Directora de arte*
Michelle Jovin, M.A., *Editora asociada*
Caroline Gasca, M.S.Ed., *Editora superior*
Jess Johnson, *Diseñadora de la serie*
Regina Frank, *Diseñadora gráfica*

Créditos de imágenes: Todas las imágenes cortesía de iStock y/o Shutterstock.

Library of Congress Cataloging-in-Publication Data

Names: Neiley, Dani, author.
Title: Fuera de este mundo / Dani Neiley.
Other titles: Out of this world. Spanish
Description: Huntington Beach, CA : Teacher Created Materials, [2020] | Audience: Grades K-1.
Identifiers: LCCN 2019051532 (print) | LCCN 2019051533 (ebook) | ISBN 9780743927468 (paperback) | ISBN 9780743927611 (ebook)
Subjects: LCSH: Spanish language--Readers. | Outer space--Juvenile fiction. | Counting--Juvenile fiction.
Classification: LCC PC4115 .N455 2020 (print) | LCC PC4115 (ebook) | DDC 468.6/2--dc23

TCM Teacher Created Materials
5301 Oceanus Drive
Huntington Beach, CA 92649-1030
www.tcmpub.com

ISBN 978-0-7439-2746-8

Printed by: 590835
Printed in: China